KB069744

우리 자리로 돌아오다

ONGDONGS

by SNOWCAT

우리 자리로 돌아오다

ONGDONGS 옹동스②

by SNOWCAT

위즈덤하우스

차례

나옹 + 은동 = 옹동스!

나옹
NAONG

은동
EUNDONG

나
(집사)

시크하지만
속은 따뜻한 남자.
내 뒷모습을
하염없이 바라보는
나의 오랜 동반자.

나옹 오빠와 장난감을
너무너무 좋아하는
순수 그 자체인 아이.
하지만 점점 철들어가는
우리집 막내.

요가원의 냉미남

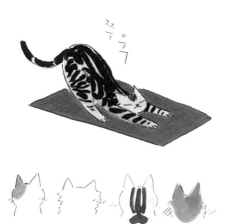

쯔 윽 욱

아으
헤응 귀여우셔라 나 우히히
헤응 기절 나옹님

저어 나옹님,
캣닙차 좀
드시면서 하세요.

새로 와서 잘 모르나본데
나옹님은 그 누구도
상대 안한다구.

우리 요가원의
유명한
냉미남이야.

냉차가
됨

아무도 나옹님이 누구랑
잡담하는 걸 본 적이 없다지.

그에겐 오직
고독한 수련만이 있을 뿐.

흐음... 아무것도 모르는군.

그가 왜 말이 없는지.

몇 달 전, 그가 처음 이 요가원에 왔을 때 우연히 목격했지.

등록하려면 이름이랑. 집이 있으면 주소를...

이름은 나옹.
주소는...

쉰 목소리!

뭐 그런 쉰 목소리라니
진짜 깨더군.

어디서
약을 팔아?

응, 누가 속을줄
알고?

저거

흥, 다들 뭘 모르는군,
이런 냉미남한테는
똑같은 전략으로
나가야 하는 법!

일명 냉미녀 전법

- 끝까지 눈길 한번 안 주고
무관심으로 일관한다. -

내껜 오직 요가만이
전부라는 듯이!

― 다음 날 ―

저... 여러분
너무 모여있지
마시구요...

오빠야를 찾아서

살짝

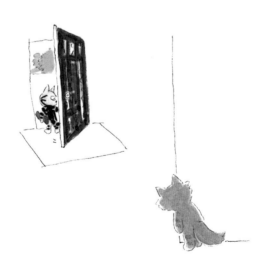

오늘도 오빠야는 낮잠을 자다가
몰래 일어나서 어디론가 나갔다.

하루는,

오빠바이드!
또 어디 가는데?!

꼬맹이는
알 것 없어!

엄마한테
일렀단 봐!

오빠는 맨날 나만 무시해.
나도 다 컸는데.

왜 이제 와?
어디 가서 뭐 했어?
앙앙앙!

헐.
웬 마누라
행세?

좋아, 오늘은
몰래 따라가 볼 거야.

나도
머리 쓸 수 있다!

오빠야는 너무 빠르다!

그런데...

부스럭

앗! 너는!!

아드득
아드득

애야, 왜 그러고 앉아있니?

제가 왜 여기 있는지
기억이 안 나요.

그래... 이 아이는
머리가 별로 좋지 못하구나...

아가,
나는 알고있단다.

우왓
진짜요?

이렇게 생긴 고양이를
따라가고 있지 않았니?

아, 맞다!
전 오빠이트를
쫓아가고 있었어요!

근데 어떻게
알았어요?

후우 나는
모든 걸
알고있지.

저기 나무숲 뒤로 가보렴.
거기에 유가원이 있단다.
네 오빠가 거기로
가더구나.

아줌마
고맙습니다!!

그럼 그럼.
가족을 잃어버리면
안되지.

저깄다! (오빠만
보임)

비 켜 !!

저도 알고 있었어요

퍼포먼스인가...

그래, 같이 사는 사이.
밥도 같이 먹고 같은 화장실을 쓰고
털도 골라주고 잘 때도 포개져서 자겠지.

뭐야, 귀찮게!
동생따위, 필요없어!

모두들 저보고
아무 것도 모른다고 하지만
저도 알 건 알아요.

오빠이는 저를
한 번도 좋아한 적
없다는 걸.

그건 제 작은 머리로도 알 수 있답니다.

무데는 창피하게,
어떻게 여기까지
따라온 거야?

... 어떻게 ?

알게 뭐야.

집에 안가!

아가,
또 왜 울고 있니.
오빠는 어디 있고?

오빠야는
제가 필요없대요.
저도 이제 오빠야가
필요 없어요.

저도
아줌마처럼
살 거예요.

으..응?

저를
제 자로
받아주세요.

후후... 나처럼 살고 싶다고?
내가 어떻게 살고 있는 것 같니?

그건... 글쎄요.
어떻게
살고 있는데요?

난 바람처럼
살고 있단다.

음... ᄂᄂ

머 있다

멋있는 게 아니란다.
길에서 산다는 건 그런거야.
오늘이 있지만
내일은 없을 수도 있지.

자, 집에 가자꾸나.
좋지?

점순아
밥 먹자

도둑고양이한테
밥은 왜 줘?

쯧쯧
쯧

엄마 맨날 절 놀리고
오빠 저만 미워해요.

저런 저런...
식등이 단단히 났구나.

나도 예전엔
집이 있었단다.

구박받고
나온 거에요?

그...그건
아니고...

그 어떤 곳도
집보다 좋을 순 없단다.

엄마도 오빠도
너를 기다리고
있을 거란다.
내가 집까지
데려다 줄게.

후후,,, 이 동네에서
너희 집 모르는 고양이가
누가 있겠니,,,

그런데
아줌마는 우리집을
어떻게 알아요?

?

?.

벌써 다 왔구나.
엄마랑 오빠가
기다리고 있을 거야.

동생따위 필요없어

집에 안 가!
나도 바람처럼
살 거예요.
오빠도 엄마도
다 미워요.

점순이　(ﾟ∀ﾟ)

처음 밟아보는 아스팔트 바닥은 차가웠어요.

이래도
되는 건지...

잘 살 거야.

당신을 기다렸어요.

보고 싶어요.

왜 데리러 오지 않는 거죠?

사랑한다면서.

당신에게서 자꾸 멀어져가요.

몇 번의 여름과 겨울이 지났어요.
저는 꽤 운이 좋았죠.

또...

이젠 바닥이 더이상 차갑지 않아요.

더 이상 당신 꿈도 꾸지 않아요.

새로 온 이 동네는 그래도 꽤
살 만하답니다.

새 이름도 몇 개 생겼어요.

여름 태풍은 그래도 겨울의 눈보다는 나아요.

고마워요.

그날 이후로 저는 가벼워졌어요.

마치 바람처럼요.

저는 괜찮아요.

먼 훗날, 우리가 다시 만나는 날.

그때 가서 되돌아보면
지금 이 고단한 삶은
찰나와도 같을 테니까요.

저는 바람처럼 살고 있어요.

가을의 첫날

아침에 일어나자마자 하는 일

카푸치노를 만들어서

우아하게
마시다가

곱등이 시체를 찾으려
마당에 나갑니다.

지난 밤, 은동의 사냥감이었던...

아직 여름인 지금. (현재 8월 말)
종종 외부에서 마당으로 벌레가 들어오는데
덕분에 은동이만 신났습니다.

세스동,
출동합니다!

애가 밤에 들어올 생각을 안해요...

세스동은
지금 바쁘다!

야 들어와
잠 좀 자자

ㅇ 아아아
(내용은
빨리 자라고
난리)

그나마 한 번에 시체 하나씩만 있는 게
다행이랄까요...

실제모습

↓

지나치게
긴 다리

그래도 다리가 분리돼있으면
몸통은 치울만해요.
(은동아 참 고맙구나.)

버릴 땐 눈을 최대한 가늘게 떠서
시야를 흐릿하게 만들어요.

시체가 없는 날은

YEAH~

세스동 공친 날

컁

한편 나옹은 구경만 합니다.

뭘 하고 있는 건지...

(알고싶지 않지만)

나옹은 곱등이에는 전혀 관심없고
대신 날아다니는 나비나 잠자리에
흥미가 있는 것 같습니다.

귀엽게 보이기 위해서가 아닐까,
추측하고 있습니다만...

그런데 올 여름,
은동에게 또 다른 사냥감이 생겼으니...

매미 oh 매미

매미는... 일단 지나치게 큽니다.

이 묵직함...

힘이 듭니다...

애써 외면

매미
야
매미

마당에 매미가 붙어있을 나무 한 그루 없는데
이해가 가지 않았어요.

매미는 이렇게
← 붙어있잖아요!

(한때 매일매일 치움)

에스프레소
원샷하고
나갑니다.

그러던 어느날 비밀이 풀렸습니다.
우연히 매미가 나는 걸 목격했죠.

옆집 감나무에서
날아들어 온 것 같은데

모터 소리 크게 내며 낮게 날더군요.
(몸집이 있어서 빠르지도 않고)

어느날 밤, 갑자기 창밖에서
운동이가 다급하게 불렀어요.

놀라서 문 열어줬더니
입 속에 매미가 한가득

조용히 밖으로

힘이 듭니다...

오늘 아침도 곱등이 혹은 매미를
치우러 나갑니다.

여긴 현관 앞 나옹이 자리입니다.
여기서 볕 쬐는 걸 좋아해서
박스로 자리도 깔아주었죠.

나옹은 무슨 생각으로
그 안에 얌전히 물어다 놓았을까요.

잠자리는 내일 치워야겠습니다.
(잠자리야, 미안.)

오늘이 저에겐 가을의 첫날입니다.

비우우웅

한참

뒷모습

요즘 넘 바빴다.

으아아아...

어
잠깐만

이것만
하구...

으
으 아아아...

아차. 이것은
영혼 없는 리액션.

퍼뜩

미안 미안.
심심했찌?

나옹은 금세 얼굴이 밝아진다.
은동은 나옹이 좋아하니까
덩달아 신난다.

이렇게나
좋아하는데...

손이 두 개라 다행이야.

반려동물이 가장 많이 보는
반려인의 모습은 뒷모습이라고 한다.

그래서 신경 쓴다고 쓰는데도
지금처럼 바쁠 때면
나도 이 말을 깜빡하고 마는 것이다.

"나옹아, 다시 왔구나.
그동안 수고했노라.
이제 여기서 편히 쉬거라."

무슨 일이냐

하나님,
뒷모습밖에
생각이 안 납니다.
잠시 내려가서
보고 오겠나이다.

음,,,

안되지 안돼!

하지만 일을 안 할 수는 없으니...

아이코
또 뒷모습

O 아-아-아-아-

(나옹은 사실
보기와는 다르게
엄청난 떼쟁이랍니다.)

잠깐만,
이것만
저장하고...

빠르기
빠르기

조   음

다가닥 다가닥

(진짜 조랑말 뛰는
소리가 납니다.)

팡

다가닥
다가닥

은동아, 고맙다.

자, 다했다!

그래도 좋아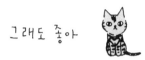

나는 지금 가장 근사한 모습으로 앉아있지.

오늘은 더 바쁜 모양이군.

슬슬 나올 때가 됐는데...

나옹,
거기 있었구나?

그럼 내가 여기 말고
또 어디 있겠어?

날 위해 일부러 더
크게 웃는다는 거 알고있어.

내가 많이 아팠던 그 다음부터.

바보...

나 왔다!
왜 그래?

빨리도
오는군.

저길
보라구.

와 ~
하늘 좀 봐.

흥, 내가
뭐랬어.

저거 보라고
불렀구나?

다 봤음
됐고.

이제 잘 시간인데...

졸리는군...

그래도 좋아.

뒷모습이어도 좋아.

난 기다리는 걸 잘하니까.

꼬리로 말해요

옹꼬리

나옹 꼬리와 나는

오랜 기간 경쟁관계였다.

나옹의 사랑을 쟁취하고자 하는 !

(삼각관계)

하지만 언제나 패배. (나옹의 편파판정 때문에)

그래서 교만해진 꼬리는
가끔 나옹조차 우습게 여기곤 했지만

어느덧 꼬리도 연륜이 생기면서
나옹에게 복종, 나아가 나옹과 일심동체가 되었다.

툭이 내 팔을 슬쩍 감을 때는

내 마음도 사르륵
녹아요 녹아요

아하하하~
이제 우리는 절친!

잘들 논다

고양이 꼬리는 고양이 대신 의사표현을 해준다.

지금 기분 안 좋으니
건들지 마시오.

- 고양이 꼬리 모양에 따른 감정 상태 몇 가지 -

(인터넷에서 본 것)

"I'm scared."

 겁 먹음.

"I'm happy to see you."

네가 좋아
반가워

"Let's be friends."

우리 친구하자.

 "I'm getting upset."

기분 안 좋음.

"Hmmm... I'm interested."

음, 좀 흥미로운데?

앗, 그런데 이건!

"I'm crazy about you."

니가 완전 짱 좋아!

이거 나옹이가 나한테
자주 하는 거잖아!

YES!!

그러니까 이게
꼬리로 말하는 애정표현 중
으뜸이라는 !!

맞다. 은동은...
꼬리로 말하는 걸 본 적이 없다.

그냥 항상 수직으로 들려진 상태.

HAPPY
TO SEE YOU

얘 맨날   방가 방가
왜 이래   좋아 좋아

혹시 꼬리도
아다다인가

방가
방가

그런데 어느날,

Crazy
about
you!

파르르

펄럭
펄럭

그것은 바람 많이 불때
작은 깃발이 마구 나부끼는 모습과 똑같았다.

은동아, 너도 드디어 나를 ...

... 이었으면 좋았겠지만
그 때 나는 은둥이가 제일 좋아하는
장난감을 꺼내고 있었다...

장난감에
← 밀림

Crazy
about
you

이제 그만해...

파슬리 파슬리

← 관람 중

동꼬리야, 너도 언젠가는
나한테도 해주겠지.

꼬리와의 관계는
시간이 조금 더 필요한 법이니까.

그러니 그대를 기다리자!

비가
오나봐

타박
타박

너의 자리 ⬭

너는 언제나 이 자리에 있다.

내 베개 옆은 나용이가
처음 내게 왔을 때부터 나용 자리였다.
첫날부터 그랬다.

지전석

지금도 생생하게 기억한다.
12년 전 우리가 함께 살던 집.
작은 침대여서 베개 옆자리도 좁았지만

항상 그 자리에서 자던 나봉.

벽에 딱 붙어서

그 집에서 5년 살다가 뉴욕으로 가서
우리는 더 좁게 살았고

침대도 더 좁아졌지만
나의 자리는 변함 없었다.

한국에 돌아와서는
일부러 큰 침대를 샀다.
(그동안 한이 맺혀서)

ALL YOURS

자! 이제
니 맘대로
자라-

어쩐 일로...

물론 그래도 바뀔 리 없다.

그래도 이제 다리는
맘대로 뻗을 수 있음.

은동이가 우리 집에 왔을 때
내심 궁금했다.
은동이 잠자리는 어디가 될까?
(낮잠 말고 밤에 main 취침시)

아기동

그런데 은동이는...

자유로운 영혼이었다.

눕는 곳이 내 자리오 마인드.
(그리고 밤에 자다가 장소도 바꾼다.)

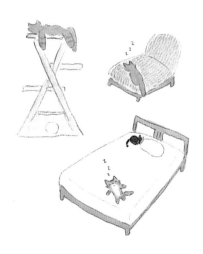

진짜 아무데서나 자는구나.

식탁의자

나옹이가 특이한 걸까,
은동이가 특이한 걸까?
(다른 애들은 어떤가요?)

매일 아침 잠에서 깨면
습관적으로 손베개를 해준다.

그런데 나옹아
꼬리 좀...

그르릉 그르릉
그르릉 그르릉

하지만 언젠가는
이 자리가 비게 되겠지.

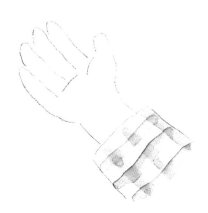

그건 반드시 일어날 일이다.

그 생각을 할 때면
견딜 수 없어지곤 한다.

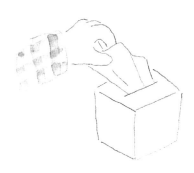

지금 나옹이가 바로 내 옆에 있는데 이러고 있다.

이 구역에서 가장 어리석은 자는
나다!!

오르락 내리락 너의 배에
내 얼굴을 갖다댄다.

오늘 하루도 이렇게 시작할 수 있음에 감사한다.

너의 자리는 내 옆이다.

내 자리는 너의 옆이다.

물컵

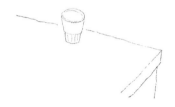

오늘도 우리의 하루는
고요하고 평온하다.

이른 아침, 우리는 줄줄이 마당으로 나간다.

나웅 ♡

앙

아구아구

- 외출 후 -

얘들아
나 왔다~

헤어볼은 아닌데...

이상하다. 불안한 느낌.

자주 토하는 건 아니었지만
구부정하게 앉아있는 자세가
자꾸 마음에 걸린다.

대개는 평소와 다름없이 있다가도
한 번씩 이렇게

그러다 또 괜찮은 듯 싶고...

내가 집에서 일하는 사람이 아니었다면
눈치채기 힘들었을지도 모른다.

어차피 정기검진도 해야 하니...

가까운
동물병원

다른 건 전반적으로 양호한데
엑스레이에 하나가
보이는군요.

불안한 예감은 대개 들어맞는다.

담낭에 담석이 보입니다.

나는 침착했다.

녹이는 약이 나와있긴 하지만
효과를 기대하긴 어렵습니다.
수술은 지금 하기엔 이르고
한다 해도 너무 위험한
큰 수술이라...
현재로서는 더 커지지
않기를 바라면서
계속 모니터링하는 게
좋을 것 같습니다.

더 커지지 않을 수도
있으니까요.

나옹아,
네 몸 속에
둘이 있었던 거야?

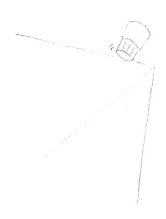

일상의 행복은 얼마나 깨지기 쉬운 것인가.

녹아라

나옹 몸 속에 돌이 있다.
저 작은 몸 속에.

얼마나 불편할까.
얼마나 아플까.

주저앉아 있을 수만은 없다.
담석에 대해 찾아보자.
무슨 방법이 없는지...

그나마 나온 것이 하나 있었다.
금전초가 담석 녹이는 데 효과 있다고...

금전초 주문

맛다...

나옹아, 돌 녹일 수 있대!
이제 걱정마!

내가 녹일 거야.
녹이고 말 거야.

금전초를 부직포 백에 넣고
우려낸 후 식혀서 물에 탄다.

마실 리 없다...

섞는거
딱 질색!

나도
싫다!

다 준비해 뒀지.

주사기

어쩔 수 없어, 나옹아.

이게 지금 유일한 방법이야.

매일 하루에 두 세번 죽시기로 금전초.
난 무엇이든 해야했다.

녹아라.

녹아라.

하지만 사실 나도 알고 있었다.
차를 마신다고 해서
이미 생긴 돌이 녹기는 어렵다는 걸.

하지만 0.1% 라도 가능성이 있다면
어떻게 하지 않을 수 있겠는가?

그렇게 하면서 다른 병원도 가보았다.

어려운 수술이기도 하고
너무 위험합니다.

일단 지켜보는게...

또 다른 병원 (나용은 검사 중)

여기서도 예상했던 것처럼 같은 대답.
'수술하기엔 너무 리스크가 큽니다.'

하지만 그보다 더 실망했던 건
금전초 먹인지 두 달 가까이 돼서
약간이라도 녹지 않았을까 기대했는데

그대로인 것처럼 보였다.

그래도 우리의 일상은
겉으로 보기에 크게 달라진 건 없었다.
나옹은 가끔 토하고 극부정하게 앉아있긴 했지만
담석 외엔 다른 수치들도 양호했고
평온하게 지냈다.

하지만 나옹은
돌을 품고 자고
돌을 품고 먹고
돌을 품고 숨 쉰다.

내 영혼도
돌을 품고 자고
돌을 품고 먹고
돌을 품고 숨 쉰다.

그래, 희망을 버리지 말자.
돌이 더 커지지 않고 금전초 계속 먹이면
조금씩 녹을 수도 있으니까.

녹아라

녹아라

녹아라

그러던 어느날, 외출했다가 들어오니

뭔가 달라졌음을 즉시 직감했다.

다른 병원에 전화해서
지금까지의 일을 설명했다.

담낭에
담석이...
....
수술은 위험하다고
....

수술할 수 있어요.

너 없는 우리집

다음 날 우리는
유일하게 '할 수 있다'라고 한 병원으로 갔다.
나옹은 하루만에 더 안 좋아졌다.

오늘부터 입원시키고
일단 녹이는 약을
써보도록 하죠.
그래도 안되면
수술을...

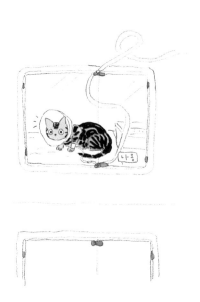

꼭 낫자,

알았지?

내일 올게.

내일 온다니까?

매일매일 보러 올게.
약속.

그래도 희망이 있어.
약은 지금껏 써보지도 않았잖아.

너는 없다.

그동안 못한 집안일을 한다.
그냥 뭐라도 하지 않으면...

다음 날, 은동이 밥 주고

이제 힘내서 면회하러 출발!

(병원이 멀다.)

나옹!

응, 나도 보고 싶었어.

내가 온다고 했잖아.

그렇게 나옹 얼굴 보고
병원 근처 카페로 간다.
(마침 근처에 좋은 데가 있다.)

여기서 일할 계획이었는데
그냥 나옹 생각...

그렇게 얼마간 있다가
집에 가기 전, 다시 병원으로.

하 하
왜 또
왔어요

아ㅡ홍

나 또 봤지롱~

이렇게 하루 두 번
나옹 얼굴 보고 온다.
그리고 나는 극성 보호자로 등극!

이왕
멀리까지
왔으니까...

며칠 동안 같은 일상.
나옹 약이 효과 있기를 바라면서.

매일 커피 메뉴를 하나씩 맛본다.
그래도 감사하지 않은가.
이런 중에도 내가 좋아하는 것으로
작은 위안을 가질 수 있다니.

그래도 며칠 안됐는데 힘들다.

나는 마당에 나갈 일이 없어졌다.

그리고 은동이는

나가면 불안해하다가
금방 다시 들어온다.

나용 없는 마당이 의미없는 건
나와 같구나.

너 없는 우리집

술

오늘도 나옹 면회를 마치고
다시 먼 길을 돌아간다.
약은 아직 효과가 나타나지 않는다.

나옹은 점점 기운이 없어 보였다.

그래도 오늘의 의무를 다했음에
안도하며 집에 가는 중.

절반 넘게 왔을 때였다.

병원 ?

좀 전에 검사결과
나왔는데
오늘 곧바로 수술이
필요할 것 같습니다.

지금 바로 갈게요.

나옹아
어쩌면 좋니.

약이 듣고 있지 않고
더 이상 기다리면
위험할 것 같아요.
동의하시면 바로
수술 준비를...

곧바로 외과 선생님으로부터
수술에 대한 설명과 위험성에 대해 들었다.

담관을 잘라서
그 안을 씻어내고...
...담낭 제거에 성공하더라도
복막염의 가능성이...

얘기만 들어도 어려운 수술임을 알 수 있었다.
전에 몇 번씩 듣던대로...
이래서 수술을 말렸던 것이겠지.

30분 후에 수술 들어간다고...

이렇게 급작스럽게...
난 준비가 되어있지 않다.

나는 계속 괜찮다는 말만 하고 있다.

그게 나응에게 하는 말인지
나에게 하는 말인지
나 자신도 알지 못했다.

그래서 우리는 조용한 방 안에서
귀중한 시간을 함께 보낼 수 있었다.

며칠만에 자뮤의 몸이 된 나옹은
방을 탐험했다...

많이 마르고 아파도 나옹은 나옹.

싫어.
안 놔줄 거야.

지금이 함께 하는 마지막 순간이면 어떡하지.
그동안 왜 같이 사진도 많이 안 찍었을까.

엄마도 오시고..,

나옹아

갑자기 나도
안심이 된다.

수술은 두 시간 정도 걸릴 거라고 했다.
내 인생의 이 두 시간.

저도 알아요. 하지만,

지금은 아니에요.
지금은 아니에요.

나는 얼마나 약하고 보잘것없는가.
내가 할 수 있는 일이란
내가 믿는 신에게 위탁하는 것 뿐이다.

생각보다 담담하게 기다리던 나도
두 시간이 훌쩍 넘자 초조해졌다.
그 때,

선생님의 기뻐하는 얼굴,
지금도 잊을 수 없다.

눈물이 왈칵.

이제 마취에서 잘 깨는 게 관건이다.
오래 걸리더라도 눈 뜨는 모습을 봐야
내가 집에 갈 수 있을 것 같았다.

'나옹아, 나 여기 있어.
힘들었지. 이제 다 끝났어.'

그때였다.

나옹과 눈이 딱 마주쳤다.

니옹은 이제 평온한 표정으로
다시 잠들었다.

해냈다.

어제와 다른 오늘

나응이가 마취에서 깨는 걸 보고
수술에 대한 이야기를 듣고 나오니
벌써 밤이었다.

담관에 쌓여있던 슬러지가 다행히 물로 씻겨 나갔고
(슬러지가 찐득하게 붙어서 씻겨나가지 않을 경우
  수술이 더 커지는 상황)

수술 중 감염으로 복막염을 초래할 수 있어서
장기 안으로 들어가면 안 되는 노폐물도
몸 밖으로 잘 빠져나갔다고.

나는 의학 지식이 없어서
머리 속으로 최대한 그 상황을 그릴 뿐이었지만
설명을 듣고 있노라니 그건

엄청나게 운이 좋았다는 말로 들렸다.

의료진의 정확한 판단력과 조치, 그리고...

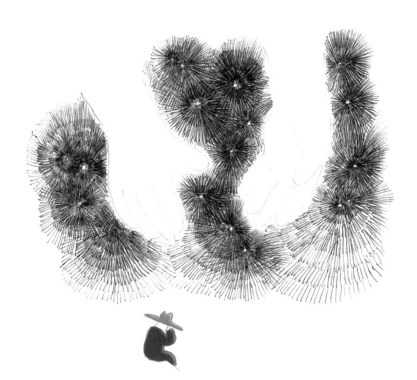

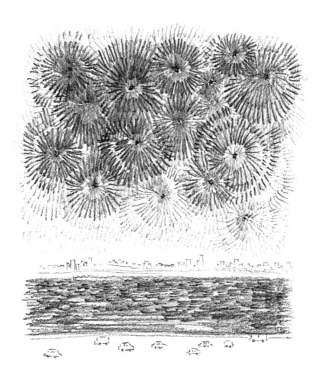

다음날 아침.
어제와 다른 오늘.

어제와 다른 걸음.

하지만 입원실의 나용을 보니
다시 가슴이 철렁 내려앉는다.
나용은 힘들고 혼란스러워 보였다.
얼마나 아플까.

아니나 다를까 수술 때 피를 많이 흘려서
빈혈 수치가 높은 상태였다.

상황 봐서
수혈이 필요할 수도
있습니다.

수혈...
수혈이라니...

담낭 제거 수술은 성공적으로 끝났지만
나옹이가 나이도 있고 해서
회복하는 문제가 남아있었다.

나옹아, 힘내자.

나도 힘내자.

이제부터 매일매일 빈혈과의 전쟁이었다.
나옹 좋아하는 캔이랑 영양제 챙겨간다.

나옹아, 이제 무조건 잘먹어야 돼.

하지만 빈혈수치는
떨어질 줄 몰랐다.

창백하게 새하얀 귀.
정말 수혈하게 될지도 모른다.

그럼 피를 나눠줄 공혈묘는
어떻게 찾아야 하나.
은동이는 몸무게 미달이라 공혈묘가 안된다.

아직 덜 자란 은동

그런데 나몽 소식을 들은
아는 분 (은동이 분양해주신)이

저희집 고양이가
수혈해 줄 수 있으니
걱정마세요.

아,,,
그래도 될지,,,

네, 아주
튼튼한 아이랍니다.

나옹아, 자꾸 감사한 일만 생기지 뭐니.

그 고양이에게 너무 미안하다.
일단 안심이지만 그래도
수혈할 필요가 제발 없었으면.

오늘도 나옹 얼굴 두 번 보고 돌아간다.
돌아가기 전에는 항상 기도한다.
나는 가지만 이 작은 입원실 안을 지켜 달라고.

아픈 동물들을 위해 기도한다.
앞으로도 그런 사람이 되리라 다짐한다.

집에 와서 그동안 벽에 붙여 두었던
그림을 떼었다.

석 달 전, 담석 발견 후에 그래서
붙여놓고 보아왔던 그림이다.
소망을 구체화한 그림.

그 그림 아래에
뒤늦게 제목을 적었다.

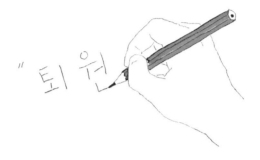

"퇴원"

우리 자리

매일 아침 9시가 되면
병원에서 사진과 문자가 온다.

나옹이 잘 자고 일어났습니다.
기분도 괜찮아 보이네요.

언제나 긍정적인 인사말이라는 걸
알고있긴 하지만 그래도 힘이 된다.

입원일이 길어지면서 매일매일 서울 구경한다.

마침내 빈혈수치가 내려갔고
나옹도 기운을 찾아가는 게 보였다.

신중하신 원장 선생님은 하루만 더 보자고 하셨다.
내일 수치가 이상 없으면 바로 퇴원한다!

그동안 엉망이었던 집 청소하면서
나옹 맞을 준비.

다음날, 나몽의 퇴원이 결정되었다.

나몽이가 이제
완벽하게 병원에
적응했는데..흠흠

온갖 일에
다 참견하고

너 그동안
어떻게 지내왔던 거냐

햣

또 말년병장
느릇한 거야?

아, 선생님,
그리구요...

나옹에게 담석이 생긴 후로
몇 달 동안 떨칠 수 없었던 의문.

혹시 담석이
스트레스 때문에
생긴 걸까요?

둘째
때문에...

음... 그러니까
사리가 쌓이는 것처럼?

나도 질문하면서 질문이
좀 웃기다는 생각은 들었지만
어쨌든 나는 심각했다.

스트레스 때문에
담석 생기는 거면
저는 지금 어떻겠어요?

앗

그 말에 마음의 짐이 덜어지는 기분.

나웅이~
잘가~

정말
고맙습니다.

고맙다는 말은 왜 이렇게 부족한 걸까.
너무 부족해서 속상하다.

은둥 분양해 주신 분이
태워다 줘서 편하게 오는 중

그렇게 나옹은 9일 입원이라는
나옹 묘생 최장 기록을 세우고 집에 돌아왔다.

많이 마른 몸

병원 냄새
나지?

킁
킁

은동은 좀 낯설어하는 듯 했다.

마당 가장자리를 따라
캣워크로 한 바퀴 돌아주시고...

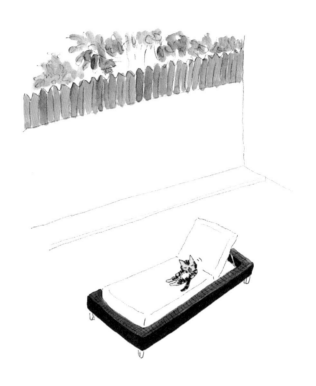

가을 늦은 오후,
해가 떨어져가는데도
좀처럼 들어가려하지 않았다.
그동안 얼마나 답답했으면...

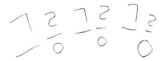

은동은 마당을 빙빙 돌며 뛰기 시작했다.

9일만에.

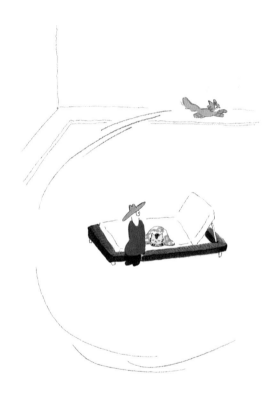

그렇게 우리는 모두 우리 자리로 돌아왔다.
돌은 없어진 채로.

철들었구나

다시 시작된 우리의 일상.

은동아,
오빠 귀찮게 하면
안 된다, 알았지?

나 진짜 심각하거든?

절대 안정 요함

나옹, 퇴원 선물 캣베드야.
꼭 내 취향이라서
산 건 아니구···

고양이털 눈에
참 잘 띄겠다.

어라? 보기보단
좋은데?

붇들붇들해.

애비의 품   ↑
                 꾹꾹이 중

마음의 소리가 들린다...

은동아...
너가 웬일로

뿌
우

의외네 정말.
자기도 들어가려고 떼를 썼을텐데.

너가 뭘 원하는지 난 알지.

같은 높이

은동은 희한하게, 그리고 다행히도
나옹을 귀찮게 하지 않고 근처에만 있었다.

그저 나옹에게 시선이 닿는 가까이에 있을 뿐이었다.

은동아, 너가 철들었구나.

그런데 한번은 나옹이가 그루밍을 시작하자,

벌 떡

서성   서성

서성

원래 나옹이가 그루밍할 때면
항상 은둥이는 머리를 들이민다. (자동임.)

그래서 이번에는
은둥의 강한 욕망이 느껴졌다!!

그런데 놀랍게도 은동은

파르르

이잉

이번만큼은 나도
정말 놀라지 않을 수 없었다.

은동아...

그렇게 운동 덕분에 우리의 일상은
평온함을 되찾아갔다.

며칠이 지나니 나옹도 기운을 많이 찾은 듯 했다.

예전처럼 그루밍도 하고...

(그루밍은 에너지를 꽤 필요로 하기 때문에
그루밍 하는건 몸이 회복되고 있다는 좋은 신호다.)

1초 후
어디선가 나타남.
↓

은둥은 조심스럽게 들어갔다.

그때 난 알수 있었다.
이제 다 잘될 거라는 것,

우리의 삶이
마침내 다시 시작되었다는 것을.

thanks to

먼저 하나님께 감사드리고
이리온 동물병원 이미경 원장님 및 나옹 치료하고 돌봐주신 의료진들과 스태프분들,
김선주 님과 이주호 님, 어머니, 포도트리와 카카오페이지,
그리고 모든 옹동스 독자분들에게 감사 인사 드립니다.

옹동스 ②

초판 1쇄 발행 2016년 10월 25일   초판 2쇄 발행 2021년 1월 26일

지은이 SNOWCAT(권윤주)   펴낸이 연준혁

출판부문장 이승현
편집 1본부 본부장 배민수
편집 3부서 부서장 오유미
디자인 함지현

펴낸곳 (주)위즈덤하우스   출판등록 2000년 5월 23일 제13-1071호
주소 경기도 고양시 일산동구 정발산로 43-20 센트럴프라자 6층
전화 031)936-4000   팩스 031)903-3893   홈페이지 www.wisdomhouse.co.kr

ⓒ 권윤주, 2016
값 14,800원
ISBN 978-89-5913-070-2 04810
       978-89-5913-906-4 (세트)

* 이 도서의 국립중앙도서관 출판시도서목록(CIP)은 e-CIP홈페이지(http://
  www.nl.go.kr/ecip)와국가자료공동목록시스템(http://www.nl.go.kr/
  kolisnet)에서 이용하실 수 있습니다.(CIP제어번호: CIP2016023927)